달마 시그림집

달마가 웃더라 나를 보고

황청원 & 김양수 달마 시그림집

책만드는집

우리는 꿈꿨었다
이 시대의 달마를

우리는 통했었다
달마를 사이에 두고

우리는 걸림 없었다
달마의 인연 끈으로

우리는 받았었다
달마가 주는 미소까지

시 짓고 그림 그리는 동안
달마는 우리의 안락처였다

2025년
봄을 기다리며
황청원 김양수

달마의 집은

달마가 온 자리 남인도 칸치푸람엔

아무리 둘러봐도 달마의 흔적이 없다

오래전 달마는 말없이 먼 길 떠났단다

이미 달마의 집은 내 안에 오직 우뚝하다

| 차례 |

소년이 나에게

볼 붉은 소년 저무는 나에게

꽃 한 송이 들고 와서 묻는다

자신에게 꽃 준 적이 있나요?

중생심衆生心

본 지 오래다

그래도 차마

하기 어려운 말

참 그리웠다

좌선하는 밤

문틈 새로 들어오는 바람도 없다

촛불도 흔들리지 않는 밤중이다

나는 갈 길 놓치고 고개를 떨군다

어디서 온 밤새 소리 등을 내려친다

달과 새

달은 혼자서고

새들은 둘이서다

혼자서인 달에게도

둘이서인 새들에게도

먼 하늘이 배경이다

무소유無所有

너는 집이 어디인가

나는 집도 절도 없다

마음에 붉은 꽃잎 한 장뿐

지는 꽃이 나를 보고

나는 피었다 진다

너도 피었다 진다

가끔 꽃 피던 시간

그리울 때 있겠지

아무리 그래도

우린 눈물 나지 말자

참
골
지
요

화애 和愛

그대를 미워한 적 없다

그대를 증오한 적 없다

미움도 증오도 꽃이 된다

우리 틈새 없이 깊어지자

그냥 꽃잎을 쓸다

너는 지금 무얼 하고 있느냐

마음 번뇌를 쓸어내고 있습니다

번뇌는 내버려두고 꽃잎을 쓸거라

다시 꽃잎 떨어질 빈자리 생길 수 있게

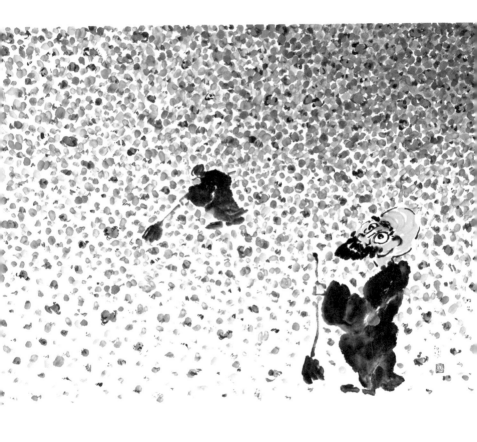

그가 웃으면

주고 싶다 내 모든 것

가장 청정한 마음도 함께

그가 웃으면 나도 웃는다

달 따기

밤하늘에 걸린 저 달을

긴 장대 세워 따려 하네

이리저리 치고 휘저어도

허공중에 걸림이 없네

걸림 없음을 알고 나니

나도 장대도 달도 없네

입정入定

눈 내려도 그대로다

눈 녹아도 그대로다

아 변함없이 그대로다

꿈속 연못

흐르는 물 끝난 곳에 연못 생겼다

언제부터 살았는지 연꽃 피었다

뜨고 짐도 없었던 듯 달도 떠 있다

길을 따라서

혼자 가고 싶은 길도 있지만

때론 둘이 가고 싶은 길도 있다

환희심歡喜心

나에게 있는 씨앗

누구에게나 있는 씨앗

언제든 환하게 꽃 필 수 있는 씨앗

더 낚을 것 없을 때

하늘 속 달을 낚는다

바닷속 나를 낚는다

이제 더 낚을 것 없다

낚싯대 허공에 던진다

하 하 하 하 하

문득

차꽃 찻잔에 띄웠다

찻잔이 환한 꽃밭이다

둘이 만나 문득 하나다

깨달음

한 번도 너를 찾아가 만난 적 없는 이 길

처음 가는 길이어도 왜 이리 낯설지 않을까

내 안에 너를 향한 꽃들 천지로 피고 있기 때문

비에 젖는다는 것

비 오는 날 나를 찾아왔군요

비바람 속 지나 젖으면서요

젖은 걸 보면 가슴 찡하지요

마음도 함께 젖게 되거든요

이제 비 오거든 함께 젖어요

무우수無憂樹

근심이 없는 나무가 있다지

나는 이렇게 근심이 많은데

그 나무 찾아가 묻고 물어야지

근심 없이 사는 법 무엇이냐고

당신은

사랑으로 몹시 마음 아픈 적 있는가요

사랑으로 힘들어 갈 곳 모른 적 있는가요

사랑에 대해 자신에게 물어본 적 있는가요

사랑에 대해 자신에게 답해본 적 있는가요

스스로 묻고 답을 찾아가는 것이 사랑일까요

불이 不二

너를 보면 나는 골똘하다

내 안에 네가 숨어 있는지

네 안에 내가 숨어 있는지

너와 내가 둘이 아니구나

산은 그대로다

엊그제 가을 온다 싶었는데

어느새 단풍 들었다가 진다

산은 아무렇지 않고 그대로다

무애자재無碍自在

꽃 한 송이 드리지요

무애자재의 꽃입니다

무엇에도 걸림 없음 부러워

그래서 드리는 꽃이지요

용담꽃

뒷산 깊은 숲속 너를 만날 줄이야

길 없는 곳에서 만나니 더 반가웠다

하기야 세상에는 길 아닌 곳 없다만

용맹정진 勇猛精進

거친 눈보라 속에서 나를 찾는다

내가 꽃 피워낼 그 꽃밭은 어디인가

무당벌레

당신이 누구와 어디에 사는지 무척 궁금해졌습니다

나는 강아지 집 옆 애기똥풀 노란 꽃 속에 친구와 삽니다

연밥

그 곱던 꽃잎 지고 몸뚱이만 남았다

한생 담길 연밥 꽃잎 없어도 눈부시다

여럿이

혼자 아닌 여럿이 간다

어둠길 가도 두렵지 않다

누구라도 마음 닫힘 없다

활짝 열어젖힌 대문이다

바람도 풍경 흔들러 따라온다

생사生死

마음속 아주 오래 머문 스승의 가르침

본래 낳고 죽음 없다 생사 걸림 없게 하라

낳고 죽음 없다는데 마주하면 눈물 난다

휘파람새를 찾아서

지난한 삶에 끝없이 끌려가다 보면

허튼 시간들 놓아버리고 싶을 때 있다

허공 속 저 멀리 휘 휘 휘파람 날리며

휘파람새를 찾아 떠나고 싶을 때 있다

경책警策

한없이 나를 두드린다

더 비워질 것 없을 때까지

온통 빈 채로 사라질 때까지

괭이갈매기

바다에 닿은 긴 강을 거슬러 왔을까

갈매기 지나가자 바다 내음 떠오른다

사람 지나가도 살던 곳 내음 날 때 있다

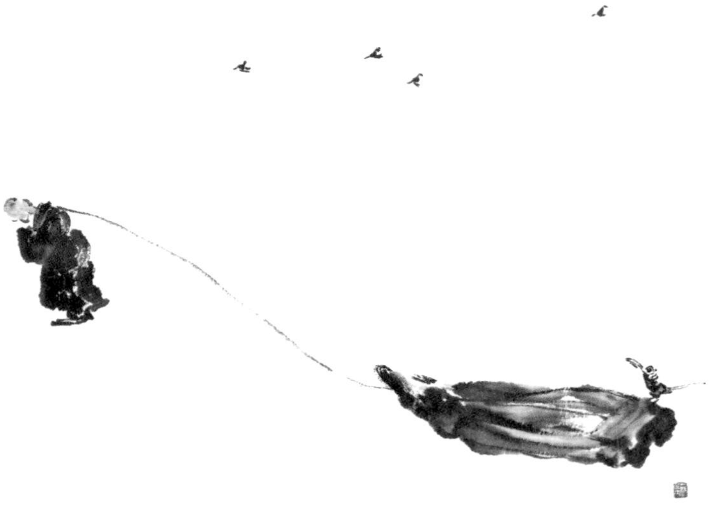

화두話頭 들다

따로 있어도

한곳을 바라보는 일

소리 없는 고요가

한 세상을 여는 일

드디어 마음 깊은 곳

한없이 꽃비 내리는 일

개구리

길에서 등 푸른 개구리 만났지

어디서 왔다가 어디로 가는가?

어디든 길 있어 길 따라 간댔지

둘 아닌 하나일 때

꼬리 붉은 잠자리 진흙 속 연꽃을 본다

더러움에 물들지 않고 붉게 꽃 피었다

맑음도 더러움도 둘이 아닌 걸 알았다

그래 둘이 아니고 하나일 때 저렇듯 꽃 핀다

그 사람

기쁨이 찾아와도

슬픔이 찾아와도

여기 함께 있는 사람

무심히 돌아봐도

언제나 여기 있는 사람

인연에 대하여

눈을 지그시 감는다

흑백사진 속 먼 길이다

많은 이들이 지나가고

누군가 내 손 스쳐 간다

오도송悟道頌

어느 땐 부처를 머리에 이고

어느 땐 부처를 발아래 밟고

어느 땐 부처를 마음에 품고

흘러가는 강물이

집 앞 지나 멀리 가는 강물이

보란 듯 한없이 웃으며 흘러간다

밥상 앞에 앉아 밥 먹는 나를 보고

너는 어디로 흘러가고 있느냐 묻는다

온종일

온종일 비 내린다

젖지 않는 것 없다

그리운 것도 젖는다

슬플 땐

슬플 땐 나무에게 나를 맡긴다

슬픈 나를 나무가 어루만진다

슬픔 없는 파란 마음호수가 생겼다

먼 길

나를 보러

먼 길 왔는가

쉼 없이 왔는가

고단함 많았는가

우리 함께 잠드세

우리 함께 꿈꾸세

이 밤은

나는 가끔씩 노래하지

사는 길 보이지 않을 때 있지

저 먼 하늘 물끄러미 우러르지

난 음유시인처럼 노래를 부르지

하늘에 뜬 달 손끝처럼 가깝지

이윽고 마음은 달빛으로 그득이지

향내

그 무엇 하나 얽매임이 없다

아무런 걸림이 없으니 기쁘다

그래서 그윽한 향내가 나는구나

요즘 나는

둥글었던 달이 날마다 지워진다

차츰 비워지는 그믐달도 보고 산다

홍매화

해 질 때 새들이 물고 갔다

노을빛에 너무 곱고 고와서

빨래 끝

긴 빨랫줄에 빨래를 널자 높새바람 살랑 분다

살면서 얻은 그 젖은 시간들 새처럼 푸덕댄다

오늘은 새가 물기 서린 깃털 말리듯 나를 말린다

산공山空

먼 산 비었다

마음도 비었다

산새 날다 간다

똑 똑 똑

손꼽아 기다리지 않아도

어느 날 그대 마음거울에

붉은 노을이 찾아올 것이다

길을 놓치고

개 한 마리 집을 잃고 비틀거리듯 걸어간다

마음집 잃고 헤매던 나의 시간들이 따라간다

세상엔 가던 길 끝 놓치고 머뭇하는 이들 많다

가시 끝에도 꽃 핀다

누군가의 혀끝 가시가 나를 찌를 때

피 흘리고 아파도 꾸욱 참고 기다리지

언젠가 그 가시 끝 꽃 필 날도 있을 테니

방생放生

몸도 묶이고 마음도 묶이고

묶이지 않은 것 없이 사는 것

바위에 눌린 듯 얼마나 아픈 건지

세상엔 모르고 사는 이들 많다

아픈 몸 마음 벗고 훌훌히 가거라

혼자 자라지 않은 나무

다 자란 나무는 늘 기억한다

큰 키로 넓은 세상 보게 해준

비와 바람과 햇빛의 기도를

꽃이 꽃을

티끌 없이 비워진 빈 마음으로

꽃이 꽃을 사랑하는 걸 보았다

블루우산이라 부르셨지요

－엄마를 생각하는 소녀에게

엄마 훌쩍 떠나신 빈 자리

우산 하나 서 있고 휑하네요

비 오는 날 함께 쓰고 걷던

하늘빛의 우산 기억나세요

진한 하늘빛 우산 쓴 모녀가

나란하게 걸어가고 있어요

열반涅槃

이젠 떠나볼까

티끌 없는 세상으로

꽃 나비 반기는 그곳으로

스스로 묻기

살다가 나를 놓칠 때

나와 마주 볼 수 없을 때

나 어딨어? 나 어딨어?

바다로 가보세요

누구도 아닌 스스로 만든 빗장으로

마음대문 아주 단단히 잠겨 있을 때

바다 위 낮게 뜬 별의 말소리 들렸다

바다는 빗장이 없어 늘 열려 있어요

빗장 풀어 툭 버리고 바다로 가보세요

그곳

가보지 않은 그곳

그곳에 있는 집 한 채

거기 사는 너를 본 지 오래다

보지 않고도 보는 듯 사는 이들 많다

동백꽃에게

어째서 한겨울 붉게 피느냐?

그냥 흰 눈 속 붉게 피고 싶어서

가실*아

너와 함께 한집 살던 옛 사람을

지금도 잊지 않고 기억하지 너는

네가 사랑스러워 어루만질 때

뭐라 말했는지 참 궁금하다 나는

* 8년째 함께 살고 있는 유기견.

마음꽃

오랫동안 키워 활짝 피워낸 꽃

어느 누구에게나 줄 수 없는 꽃

스스로 깨달아야 볼 수 있는 꽃

길

한밤중 달 좀 봐라

거기도 길이 있구나

제주도 수선화 심어놓고

너를 화분에 담아서 미안하다

그래도 살던 집인 듯 꽃 피어라

홀로 앉아

사람 같은 나무조각상이 홀로 앉아

무엇을 생각하나 눈 감고 골똘하다

홀로 앉아 마음하늘 바라보고 있을까

이른 새벽녘 지는 별똥별도 보고 있을까

정토淨土

몸 아픈 이도 없습디다

마음 아픈 이도 없습디다

미소 짓지 않는 이도 없습디다

혹여

몸 아파서 눈물 나는 것 아니다

이 아픔 나룻배로 너에게 건너가

물길인 듯 멀리멀리 흘러갈까 봐

보시 布施

아무리 어렵고 힘들지라도

아끼지 않고 뭐든 주고 싶은 마음

그 마음은 어디서 오는 무엇일까

가장 고요하고 청정한 자리에서

준다는 생각 없이 무심으로 피는 꽃

시 읽는 밤

혼자 시 읽는 밤 마음이 고요하다

막힌 산도 없이 사는 길이 보인다

사라진 길

그 사람 뒤를 따라가다가 놓쳤다

길을 보지 않고 그 사람만 보았다

걸어가야 할 길을 보아야 하는데

지켜야 할 마음을 놓치고 말았다

살다 보면 길을 놓칠 때도 있지만

살다 보면 마음을 놓칠 때도 있지만

지금 눈앞에 길은 사라지고 없다

한참은 길을 찾아 헤매게 될 것이다

사라진 길 다시 찾을 수 있을까 나는

도반道伴

중생일 때도

부처일 때도

어디든 함께 간다

무무無無

꽃이 꽃잎 떨군다

나도 나를 떨군다

꽃도 무고 나도 무다

마침내

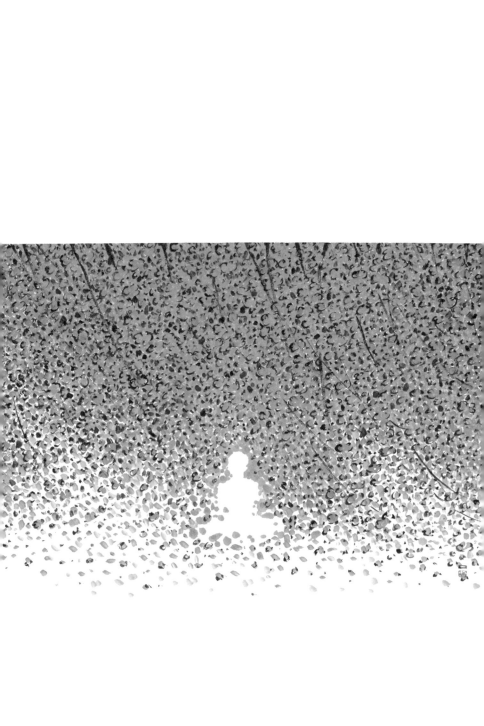

황청원 & 김양수

황청원과 김양수는 진도에서 태어난 선후배 인연의 시인과 화가이다.
황청원은 동국대학교를 졸업하고 1978년《현대문학》을 통해 시인이 됐으며 화엄사 법주사 경국사에서 수행한 적 있다. 시집『우리나라 새벽안개』『사랑도 고요가 필요할 때 있다』『늙어서도 빛나는 그 꽃』등과『칡꽃 향기 너에게 주리라』를 비롯해 여러 권의 산문집을 냈다. 오랫동안 방송 진행자 일을 했고 노래시「소금장수」는 초·중·고등학교 교과서에 실렸다.
김양수는 동국대학교와 중국 중앙미술대학을 졸업한 후 대학에서 제자들에게 그림 공부 가르치며 화가의 길이 무엇인지에 대해 고민하는 시간도 가졌었다. 그동안 40회의 국내외 개인전을 열었고 틈틈이 글쓰기에도 열중하여 선시화집『산 아래 집 짓고 새벽별을 기다린다』등을 출간하기도 했다.
시인은 안성 죽산 용설호숫가 무무산방無無山房에서, 화가는 일휴一休라는 아호로 진도 여귀산 이견토굴怡見土窟에서 작업 중이다.

달마가 웃더라 나를 보고

—

초판 1쇄 2025년 3월 1일
지은이 황청원
그린이 김양수
펴낸이 김영재
펴낸곳 책만드는집

—

주소 서울 마포구 양화로 3길 99, 4층 (04022)

전화 3142 - 1585 · 6
팩스 336 - 8908
전자우편 chaekjip@naver.com
출판등록 1994년 1월 13일 제10 - 927호
ⓒ 황청원 · 김양수, 2025

—

ISBN 978 - 89 - 7944 - 892 - 4 (03810)